Je T'AIME *mon petit*

Pour mes cousins Claudio, Rebecca et Linda...
Souvenez-vous des pandas! Et pour Big Uncle et Izzy.

Catalogage avant publication de Bibliothèque et Archives Canada

Pignataro, Anna, 1965-
[Our love grows. Français]
Je t'aime mon petit / Anna Pignataro ; texte français d'Isabelle Allard.
Traduction de : Our love grows.
ISBN 978-1-4431-4816-0 (couverture souple)
I. Titre. II. Titre: Our love grows. Français.
PZ26.3.P54Je 2016 j823'.914 C2015-903768-9

Publié en anglais par Scholastic Autralia en 2015.

Édition publiée par les Éditions Scholastic, 604, rue King Ouest, Toronto (Ontario) M5V 1E1.

5 4 3 2 1 Imprimé en Malaisie 108 16 17 18 19 20

Je T'AIME *mon petit*

ANNA PIGNATARO
TEXTE FRANÇAIS D'ISABELLE ALLARD

Éditions
SCHOLASTIC

Dans la forêt touffue, Pépin demande :
— Maman, quand est-ce que je serai grand?

— Tu es déjà plus grand qu'hier, répond sa maman.

Autrefois,
ce pin n'était
qu'un arbrisseau...

et tu ne savais pas compter les étoiles tout là-haut.

Tes empreintes dans la neige étaient minuscules alors.
Chaque pas exigeait beaucoup d'efforts.

Cuicui était tout neuf et doux,

et tu te cachais sous ta doudou.

On chantait tous les deux en chœur,

on jouait à la cachette pendant des heures.

Les fleurs s'ouvraient, les pétales tombaient

et les pommes de pin s'amoncelaient.

Au creux de mes bras, tu étais blotti.
Je contemplais ton visage endormi.

Tu ne cesses de grandir, comme tout ce qui nous entoure.

Je t'aime mon petit, un peu plus chaque jour...